insel taschenbuch 1610

James Joyce

Die Katze und der Teufel

W0219375

James Joyce
Die Katze und der Teufel

Farbig illustriert von
Roger Blachon
Mit einem Vorwort von
Stephen J. Joyce

Insel Verlag

Deutsche Übertragung von Fritz Senn

insel taschenbuch 1610
Erste Auflage 1995
Insel Verlag Frankfurt am Main und Leipzig
Text: © 1956 by the Trustees of the Estate of James Joyce
Übertragung: © Suhrkamp Verlag Frankfurt am Main 1974
Illustrationen: © Editions Gallimard, Paris 1984
Hinweise zu dieser Ausgabe am Schluß des Bandes
Vertrieb durch den Suhrkamp Taschenbuch Verlag
Umschlag nach Entwürfen von Willy Fleckhaus
Satz: Satz-Offizin Hümmer, Waldbüttelbrunn
Druck: Offizin Andersen Nexö, Leipzig
Printed in Germany

1 2 3 4 5 6 – 00 99 98 97 96 95

Vorwort

Paris, Februar 1989

Lieber Leser,

ich möchte mich vorstellen.
Ich bin der »Stevie«, an den dieser Brief geschickt wurde, für den diese bezaubernde Geschichte vor mehr als fünfzig Jahren geschrieben wurde, von seinem »Nonno«, Großvater auf italienisch. Ich war damals vier. Das heißt, daß ich heute, mit meinem grauen Haar und Bart, Großvater für viele sein könnte, die diese Geschichte lesen.
Du wirst etwas über eine kleine Stadt am Ufer von Frankreichs längstem Fluß hören und darüber, wie in einer Nacht eine Brücke gebaut wurde, um den Fluß zu überqueren; über den seltsamen Handel zwischen einem wichtigtuerischen, doch sehr schlauen Bürgermeister mit merkwürdigen Schlafgewohnheiten und einem geradezu harmlosen Teufel, der nicht nur immer Zeitungen liest, sondern auch nett und rück-

sichtsvoll zu Tieren ist; und über vieles mehr ...

Nonno war ein berühmter Schriftsteller. Was er geschrieben hat, wurde damals und wird auch heute noch von vielen Leuten als komplex und schwierig bezeichnet. Doch er fand die Zeit, sich hinzusetzen und mir diese wunderbare Geschichte in einer sehr einfachen, direkten Sprache zu erzählen, der Sprache, die ein vierjähriges Kind leicht verstehen konnte. Nonno machte sich sogar die Mühe, ein besonderes Kinderpapier zu finden, auf dem er diese Geschichte niederschrieb. Das Original, das wie durch ein Wunder über die Jahre hinweg unversehrt blieb, ist mein am meisten geschätzter Besitz.

In dieser Geschichte über die Loire-Brücke kommen einige merkwürdige Dinge vor. Warum, zum Beispiel, sollte der Bürgermeister einer französischen Stadt einen irischen Namen tragen, ja tatsächlich den Namen eines der Bür-

germeister von Dublin? Warum kann der Teufel, wenn er sehr wütend ist, ein ziemlich schlechtes Französisch mit einem starken Dubliner Akzent sehr gut sprechen?
Die Antwort auf diese Fragen wirst Du herausfinden, wenn Du erwachsen bist, wenn Du die *Dubliner* und *Ein Porträt des Künstlers als junger Mann* und wenn Du *Ulysses* liest. Diese Bücher, die Nonno berühmt gemacht haben, handeln alle von Dublin, der heutigen Hauptstadt von Irland.
Nonno ist in Dublin geboren und aufgewachsen. Er liebte Irland, hatte jedoch tiefreichende Meinungsverschiedenheiten mit den kirchlichen und staatlichen Behörden.
Er ging fort, als er zweiundzwanzig Jahre alt war, und kehrte während der folgenden siebenunddreißig Jahre nur dreimal zu sehr kurzen Besuchen zurück. Er und Nonna, meine Großmutter, waren als Verbannte bekannt.

Ich weiß, daß Dir diese Geschichte gefallen wird und daß Du genausooft zu ihr zurückkehren wirst, wie ich es getan habe und es immer noch tue. Du kannst zu der Stadt Beaugency fahren und die schöne, starke, über die Loire hingeworfene Brücke besichtigen und träumen…

Später, wenn Du groß bist, wirst Du Dich an Deinen Freund James Joyce erinnern, der Dir diese Geschichte erzählt hat, und die anderen Bücher, die er geschrieben hat, in die Hand nehmen und lesen – zumindest hoffe ich, daß Du es tun wirst.

Mit allen guten Wünschen

Stephen J. Joyce

P.S. Nonno hat mir noch andere Geschichten erzählt, insbesondere in seinem letzten Jahr. Morgens saß ich neben seinem Bett, und er erzählte mir dann alles über die Reisen, Abenteuer und Leiden von Ulysses, einem Helden aus dem alten Griechenland; immer in der einfachen direkten Sprache des achtjährigen Jungen, der ich damals war. Nie hatten wir Probleme, einander zu verstehen.

Die Katze
und der Teufel

An Stephen Joyce

Villers-sur-Mer,
10. August 1936

Mein lieber Stevie,
Vor ein paar Tagen habe ich Dir eine Katze voller Leckereien geschickt, aber vielleicht kennst Du ja die Geschichte von der Katze von Beaugency noch gar nicht.

Beaugency ist ein winziges, altes Städtchen am Ufer der Loire, dem längsten Fluß in ganz Frankreich. Es ist auch ein sehr breiter Fluß, wenigstens für Frank-

reich. Bei Beaugency ist er so breit, daß man mindestens tausend Schritte brauchen würde, um vom einen Ufer zum anderen zu kommen.

Vor langer Zeit mußten die Leute von Beaugency, wenn sie zum andern Ufer wollten, mit einem Schiff fahren, denn es gab keine Brücke. Und selber eine bauen konnten sie auch nicht oder jemanden anderen dafür anstellen und bezahlen. Was sollten sie da nun machen?

Der Teufel, der ja immer die Zeitungen liest, hörte von ihrer Not; und so zog er sich fein an und kam, um dem Bürgermeister von Beaugency, dessen Name Monsieur Alfred Byrne war, einen Besuch zu machen.

Dieser Bürgermeister zog ebenfalls gern schöne Kleider an. Er trug eine scharlachrote Robe und hatte stets eine große goldene Kette um den Hals hängen, sogar wenn er fest in seinem Bett schlief und die Knie in den Mund steckte. Der Teufel erzählte nun dem Bürgermeister, was er in der Zeitung gelesen hatte, und sagte, er könnte den Leuten von Beaugency eine Brücke bauen, so daß sie den Fluß überqueren könnten, so oft sie nur wollten.

Die Brücke, die er machen würde, wäre eine der allerbesten, versprach er, und er würde sie in einer einzigen Nacht fertigstellen. Der Bürgermeister fragte ihn, wieviel Geld er für eine solche Brücke verlange.

Überhaupt kein Geld, meinte der Teufel, ich verlange nur, daß die erste Person, die über die Brücke geht, mir gehört.

Abgemacht, sagte der Bürgermeister.

Es wurde Nacht,

alle Leute
in Beaugency
legten sich zu Bett
und schliefen.

Dann kam der Morgen.

Und als sie die Köpfe
aus den Fenstern steckten,
riefen alle:

O Loire,
was für eine
herrliche Brücke.

Denn sie sahen eine herrliche, starke, steinerne Brücke über die Loire geschlagen.

Alle Leute liefen hinunter zum Kopf der Brücke und guckten hinüber. Dort, auf der anderen Seite, stand der Teufel und wartete auf die erste Person, die herüberkommen würde. Aber aus Angst vor dem Teufel getraute sich niemand hinüberzugehen.

Da hörte man einen Trompetenstoß – das war das Zeichen, daß die Leute still sein sollten –, und der Bürgermeister M. Alfred Byrne erschien in seiner scharlachroten Robe und mit der schweren goldenen Kette um den Hals. Er hatte einen Kübel Wasser in der einen Hand, und unter dem Arm – seinem anderen Arm –, da trug er eine Katze.

Der Teufel hörte gleich auf zu tanzen, als er ihn auf der anderen Seite der Brücke kommen sah, und setzte sein langes Fernrohr an. Alle Leute flüsterten einander zu, und die Katze schaute hinauf zum Bürgermeister, denn im Städtchen Beaugency war es wohl erlaubt, daß eine Katze einen Bürgermeister ansieht.

Als sie es überdrüssig wurde, den Bürgermeister anzuschauen (denn auch eine Katze bekommt einmal genug davon, einen Bürgermeister anzusehen), begann sie mit der schweren goldenen Kette des Bürgermeisters zu spielen.

Als nun der Bürgermeister bei der Brücke ankam, hielt jeder Mann den Atem an und jede Frau ihren Mund. Der Bürgermeister setzte die Katze auf die Brücke nieder, und ehe sich jemand versah – platsch! –, goß er den ganzen Kübel Wasser über sie aus.

Die Katze, die nun zwischen dem Teufel und dem Kübel Wasser war, raffte sich ebenso rasch auf und eilte mit zurückgelegten Ohren über die Brücke und dem Teufel geradenwegs in die Arme.

Der Teufel war so wütend wie der Teufel persönlich. Messieurs les Balgentiens*, schrie er über die Brücke hinüber, vous n'êtes pas de belles gens du tout! Vous n'êtes que des chats!** Und zu der Katze sprach er: Viens ici, mon petit chat! Tu as peur mon petit chou-chat? Tu as froid, mon petit chou-chat? Viens ici, le diable t'emporte! On va se chauffer tous les deux!***

Und seit jener Zeit nennt man die Leute dieses Städtchens »die Katzen von Beaugency«.

Aber die Brücke steht noch immer dort, und die Buben gehen und fahren und spielen auf ihr.

Hoffentlich gefällt Dir diese Geschichte.

Nonno

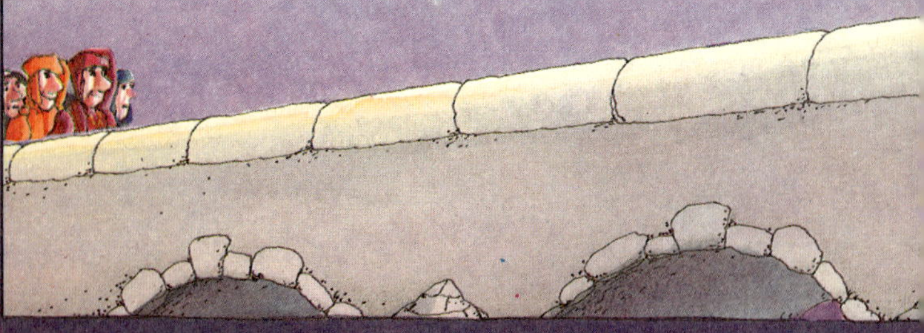

* Bürger von Beaugency

** ihr seid gar keine lieben Leute! Ihr seid nichts als Katzen!

*** Komm her, mein kleines Kätzchen! Hast du Angst, mein kleines Miezekätzchen? Frierst du, mein armes, kleines Miezekätzchen? Komm hierher, der Teufel wird dich mitnehmen! Wir wollen uns wärmen gehen, wir zwei!

P.S. Der Teufel redet meistens eine ganz eigene Sprache, die Bellsygebabbel heißt und die er selber so zusammenreimt, wie's gerade kommt, doch wenn er sehr zornig ist, kann er ganz schlechtes Französisch sehr gut sprechen, obgleich einige, die ihn gehört haben, sagen, daß er einen sehr starken Dubliner Akzent hat.

Zu dieser Ausgabe

insel taschenbuch 1610: James Joyce, Die Katze und der Teufel. Titel der englischen Originalausgabe: The Cat and the Devil. Faber & Faber, London 1965. Die deutsche Übersetzung folgt der Ausgabe: James Joyce, Werke. Frankfurter Ausgabe in sieben Bänden. Redaktion Klaus Reichert unter Mitwirkung von Fritz Senn. Band 7: Briefe III. Herausgegeben von Richard Ellmann. Suhrkamp Verlag, Frankfurt am Main 1974. Das deutschsprachige Vorwort wurde von Stephen J. Joyce für diese Ausgabe geschrieben.
Die Illustrationen folgen der Ausgabe: James Joyce, Le chat et le diable. Illustré par Roger Blachon. Editions Gallimard, Paris 1988 (collection folio benjamin 77).

Kinder- und Bilderbücher
im insel taschenbuch

Allerleirauh. Viele schöne Kinderreime versammelt von H. M. Enzensberger. it 115

Monika Beisner: Das Buch der hundert Rätsel. it 2019

Lewis Carroll: Alice hinter den Spiegeln. Mit einundfünfzig Illustrationen von John Tenniel. Übersetzt von Christian Enzensberger. it 97

– Alice im Wunderland. Mit zweiundvierzig Illustrationen von John Tenniel. Übersetzt und mit einem Nachwort von Christian Enzensberger. it 42

– Geschichten mit Knoten. Eine Sammlung mathematischer Rätsel. Herausgegeben und übersetzt von Walter E. Richartz. Mit Illustrationen von Arthur B. Frost. it 302

Carlo Collodi: Pinocchios Abenteuer. Aus dem Italienischen von Heinz Riedt. Zweisprachige Ausgabe. it 1516

Ein Fisch mit Namen Fasch und andere Gedichte und Geschichten von Menschen und anderen Menschen. Zusammengestellt von Elisabeth Borchers. it 222

Robert Gernhardt / Almut Gernhardt: Ein gutes Schwein bleibt nicht allein. 7 Geschichten von Robert Gernhardt und 66 Bilder von Almut Gernhardt. it 2012

– Mit dir sind wir vier. 29 Bilder von Almut Gernhardt mit 28 Geschichten von Robert Gernhardt. it 2003

– Was für ein Tag. Eine Geschichte von Robert Gernhardt. Mit Bildern von Almut Gernhardt. it 544

– Der Weg durch die Wand. 13 abenteuerliche Geschichten von Robert Gernhardt zu Bildern von Almut Gernhardt. it 2010

Das große LALULA und andere Gedichte und Geschichten von morgens bis abends für Kinder. Zusammengestellt von Elisabeth Borchers. it 91

– Die Stadt. Ein Märchen, ins Bild gebracht von Walter Schmögner. it 236

August Kopisch: Die Heinzelmännchen zu Köln. Mit farbigen Illustrationen von Rolf Köhler und einer Nachbemerkung von Heinrich Pleticha. it 2025

Giorgio Manganelli: Pinocchio. Aus dem Italienischen von Marianne Schneider. it 1517

Ernst Penzoldt: Die Reise ins Bücherland und andere Märchen. Erzählt und illustriert von Ernst Penzoldt. it 2026

Das Poesiealbum. Verse zum Auf- und Abschreiben. Mit Bildern und Vignetten. Ausgewählt und zusammengestellt von Elisabeth Borchers. it 414

159/1/11.93

Kinder- und Bilderbücher
im insel taschenbuch

Jacques Prévert / Elsa Henriquez: Weihnachtsgäste. Ein Spiel zum Nachspielen. Eine Geschichte von Jacques Prévert mit Bildern von Elsa Henriquez. Aus dem Französischen von Elisabeth Borchers. it 577

Walter Schmögner: Das unendliche Buch. it 40

Felix Timmermans: St. Nikolaus in Not. Aus dem Flämischen von Anna Valeton-Hoos. Mit farbigen Bildern von Else Wenz-Viëtor. it 2023

Das Weihnachtsbuch für Kinder. Mit Geschichten, Gedichten und Bildern. Ausgewählt von Elisabeth Borchers. it 156

159/2/11.93